Le goût des figues

Farida Benhaddi

Le goût des figues

Recueil de nouvelles

© 2023 Farida Benhaddi

Édition : BoD – Books on Demand, info@bod.fr
Impression : BoD – Books on Demand, In de Tarpen 42, Norderstedt (Allemagne)

Impression à la demande

ISBN : 978-2-3221-5591-0
Dépôt légal : Octobre 2022
Photo de couverture : Archive personnelle de l'auteur

Farida Benhaddi est née dans les montagnes du Rif marocain. Elle arrive en France à la fin des années 70. Elle grandit dans un village du Vaucluse et après ses études, elle revient s'installer à Avignon où elle vit avec ses enfants.

A ma mère,

JOUR DE VISITE

Mme Y. a 74 ans et vit au 8ème étage d'un immeuble HLM à la sortie de la Ciotat sur la route d'Aubagne. Elle y vit depuis 1983 et se souvient encore de ce jour-là.

Les enfants couraient de pièce en pièce et son mari, avec de grands gestes, lui faisait faire la visite de la salle de bain, des toilettes, du long balcon et de la cuisine… Une cuisine où se sont accumulées trente-sept années de repas, de vaisselles, de rires et de cris.

Aujourd'hui, c'est le silence, chacun de ses enfants vit sa vie et son mari a fait d'elle une veuve, voilà plus de douze ans.

Elle va faire des galettes « Msemen » pour le goûter avec du thé à la menthe car c'est mercredi et ses enfants viendront peut-être avec ses petits-enfants, un peu trop bruyants mais si pleins d'énergie.

Et si personne ne vient alors elle les rangera au congélateur.

Elle se lave les mains, retire sa bague - celle de la main droite - et remonte son bracelet en argent.

Avant, ses bracelets étaient en or, hérités de sa dot mais les bijoux ont été vendus il y a bien longtemps pour payer un mariage, un baptême ou les réparations du chauffe-eau.

Doucement, elle verse la farine dans une jatte et rajoute de l'eau tiède avec un peu de levure. Avec sa main droite, elle commence à pétrir la pâte, avec sa main gauche, elle tient le plat et rajoute le sel.

Au bout de 10 minutes, elle forme une boule, verse dessus un peu d'huile de tournesol et couvre le plat d'un torchon. Elle se lave les mains, remet sa bague et rattache son fichu sous lequel sont retenues deux nattes entrelacées et colorées de henné.

Le temps que sa pâte lève, elle attrape la télécommande et encore en tablier, sur sa robe longue parsemée de violettes, elle allume sa télé et constate, ravie, que sa série commence à peine.

Elle a toujours aimé les séries, depuis Dallas puis Dynastie ou encore les Feux de l'Amour. Aujourd'hui, ce sont les séries sur 2M, la chaîne marocaine qu'elle capte avec sa parabole sur le balcon.

Sa pâte a bien gonflé et assise à la table de la salle à manger, elle la sépare en petites boules qu'elle imbibe d'huile de tournesol. Ensuite, la télé toujours allumée sur la chaîne marocaine, elle étale les petits pâtons en carré puis les plie et replie pour former un feuilletage qui se révèlera à la cuisson.

Une fois ce cérémonial terminé, elle va sur le balcon chercher sa bouteille de gaz accrochée à un feu sur lequel elle dépose une poêle en fonte ; elle va faire cuire une à une les galettes mille-feuille en rajoutant encore un peu d'huile à chaque fois.

Assise, elle attend devant une théière fumante, près des « Msemen » empilés, tendres et dorés, un pot de miel, un peu de beurre pour ses petits-enfants. Ils ne vont plus tarder… et avec eux la joie.

LE RAVISSEMENT D'UNE ROSE

Je m'appelle Mohand, j'ai soixante-dix-huit ans, enfin à peu près, car là où je suis né, il n'y a ni calendrier ni registre d'état civil.

Un jour, j'ai demandé à ma mère, Paix à son âme, si elle se souvenait de ma date de naissance, elle m'a répondu que c'était sûrement avant la moisson des blés et qu'on avait servi des fèves à mon baptême.

Alors le 01 janvier 1942 devint ma date de naissance officielle et je n'ai jamais fêté mon anniversaire. Mais, étrangement, quand je mange un plat de fèves en tagine avec de l'huile d'olive, je me sens heureux.

J'habite à Montélimar et de mon balcon, je peux voir les arbres du parc public, là où je vais marcher tous les jours. Je me promène dans les allées, je regarde chaque plante et mon regard se perd dans toutes ces fleurs dont je ne connais pas le nom.

Cela me rappelle qu'avant, après ma semaine de travail, j'allais jardiner chez une dame à Montboucher-sur-Jabron. Elle possédait une maison très grande mais je n'y suis jamais entré. Moi, je m'occupais du jardin, un grand jardin avec de la pelouse partout et un pin en son centre.

Mme Yvonne était gentille avec moi, elle me payait bien : 100 francs la journée. Et elle donnait pour mes enfants des bonbons et les habits trop petits des siens.

Je commençais par ratisser la pelouse pour enlever les petites aiguilles de pin, ensuite j'arrosais les fleurs une à une, surtout des rosiers blancs, roses et rouges à foison dans tous les coins.

J'ai planté aussi un rosier sur mon balcon et chaque année, je le regarde fleurir assis sur un tabouret en plastique vert.

Mon arrière-petite-fille me rejoint sur le balcon, elle a 3 ou 5 ans ; je ne sais pas donner d'âge. Elle tient une brosse à cheveux à la main et me demande « Gedé tu me fais une couette haute très haute » !

Je prends la brosse et attrape la chevelure en bataille. Je ne suis pas trop doué, je le sais, c'est ma femme Zohra qui s'occupait de nos enfants, moi, je travaillais dehors.

Mais là, j'ai le temps. Je brosse délicatement et chaque passage de la brosse sur sa petite tête me rappelle tout le temps que je n'ai pas passé avec mes propres enfants.

Je réussis à attacher le tout avec un élastique, je tends la main vers le rosier et arrache un bouton de rose que j'accroche dans sa jolie chevelure.

Elle a l'air ravie et repart en sautillant vers l'intérieur. Je pose un coude sur la rampe du balcon et moi aussi, je suis ravi.

LE BRACELET DE YEMNA

Tout le monde court après le temps, se plaint du manque de temps pour faire les choses.

Moi, j'ai l'impression que le temps s'est arrêté à ma porte, qu'il s'écoule lentement grain par grain dans le sablier du destin.

J'ai cru que les choses changeraient, que cela s'accélèrerait, que mes objectifs une fois atteints, je manquerais de ce précieux temps.

Mais non. Le temps n'a pas de prise sur moi. Pourtant, les jours et les années passent en glissant, sans poser d'empreinte ni sur mon cœur ni sur mon âme.
Je reste cette petite fille qui joue sur un chemin de cailloux et de poussière.

A mon âge, il reste le silence. Le silence des gens, des choses, des événements.

Cela n'a pas toujours été ainsi car dans la fureur et la rage de ma jeunesse, j'ai construit et déconstruit, j'ai douté et j'ai affronté. J'ai appris dans l'effort à conjurer ma peur et à célébrer mes joies.

Rien ne m'avait préparée à cette vie étrange au-delà de la mer, au-delà même de mes promesses d'enfance. « Coûte que coûte, j'ai avancé » telle serait la maxime inscrite au fronton de mon âme.

Je n'ai pas eu le choix que d'évoluer pour me transcender. J'ai réussi plus que moi-même, j'ai appris au-delà de mes espérances, j'ai obtenu bien plus que mes épaules ne peuvent porter.

Je n'ai jamais cessé de me murmurer des paroles douces de miel ; sur la bonté de mon cœur, sur mon courage de femme, sur la beauté de mon visage, sur la douceur de mes yeux, sur la force de mon tempérament.

J'entends les bruits dans le salon, mes enfants et mes petits-enfants qui discutent, rient en préparant les festivités de l'Aïd : thé, café, gâteaux au miel ou à la fleur d'oranger.

Je suis bientôt prête, je suis habillée de blanc de la tête aux pieds comme le veut la tradition quand on a mon âge. Avec mon foulard, je dissimule mon tatouage sur le front : un symbole géométrique en forme d'arêtes. C'est mon secret, mon talisman contre l'adversité.

Je vais les rejoindre bientôt, je dois d'abord chercher mon bracelet en argent incrusté de pierres rouges et vertes, seul souvenir de ma mère, Paix à son âme. Je le retrouve enfin à l'intérieur d'une boîte dans une valise sous mon lit.
Je me relève lentement, m'assois un instant, passe ma main sur le bracelet et une odeur de

feuilles de figuier me saisit, une odeur douce et âpre…

Même à quatre-vingt-quatre ans, je reste cette petite fille sur ce chemin de cailloux et de poussière dans les montagnes du Rif marocain.

LE PRENOM

S'il est vrai que j'ai pu voir, j'ai rarement perçu. Et cela, je m'en rends compte aujourd'hui, avec plus d'acuité. C'est peut-être cela que l'on nomme vieillir. Moi je préfère l'appeler Révélation ; comme si la lumière éclairait soudain des pans entiers d'obscurité. Une bourrasque balayant bévues et sots jugements.

Je ne dis plus rien car je ne sais plus rien. Je laisse mes yeux dialoguer avec les cœurs.

Chaque jour, je crois saisir un peu plus qu'hier mais demain me ramène sans ambages à mon ignorance.

Dans ma famille, on m'appelle « vava », «gedé» (papa, papi). Mon épouse m'appelle « el Hajj » ainsi que mes voisins ; c'est un signe de respect, un titre honorifique à la fois parce que j'ai accompli mon pèlerinage à la Mecque et que cela désigne l'aîné de la communauté. Mais par mon prénom, personne.

Depuis quelques jours, je me rappelle les événements, les attitudes, les comportements. Quelle étourderie, quelle déraison. On est tellement sûr et convaincu d'être dans le vrai et c'est justement là que l'important était ailleurs.

Ce à quoi j'aspire aujourd'hui n'est pas bien loin de ce que j'attendais de la vie à 25 ans, jeune, désœuvré et frustré dans un douar du Nord-Est marocain. Les chemins empruntés depuis, brouillés par les désirs et la fatalité, ont charrié dans leur sillage de bonnes et de mauvaises destinées.

Rien ne s'acquiert sans son cortège d'euphorie, de colère, de cris, de rancœurs, de blessures, de rires. Peut-on juger la valeur d'une personne à sa capacité à réussir ? Aujourd'hui, je pressens que l'on ne peut ni juger de la valeur d'une personne, d'une chose, d'un événement ni préjuger du destin.

C'est l'heure de ma sieste mais je ne dors pas ; pourtant la brise légère fait onduler le rideau de la fenêtre et en cuisine, des bruits sourds de voix et de casseroles bercent l'air de la chambre.

Non, je ne dors pas et je regarde des papiers que j'ai enfermés en vrac dans une mallette en cuir bordeaux ; ma carte nationale, mon livret de famille avec sa couverture verte, une carte famille nombreuse de la SNCF datant des années 80 avec 75% de réduction, mon acte de mariage délivré par le tribunal de Driouch…

Je ne sais pas lire, encore moins écrire mais mon prénom, je le reconnais, là sous mes yeux ; six lettres, quatre consonnes et deux voyelles.

Un prénom rugueux quand on le dit en français pourtant si doux et musical prononcé par mes parents. Un prénom empli de retenue et de pudeur quand c'est la mère de mes enfants qui l'énonce. Un prénom valeureux dans la bouche de mes collègues ouvriers quand on s'épuisait à ramasser des kilomètres de melons dans des serres surchauffées.

Je referme la mallette, la range sur le côté de l'armoire, reviens sur le lit en allongeant les jambes et repars dans la torpeur de mes pensées.

Je préfère avoir été un méritant ayant combattu sans relâche, sans égards pour les lauriers de la vie ni pour ses épines dans ce pays d'accueil où nous avons creusé notre place et nos tombes. La réussite et l'échec demandent le même effort, le premier pour y accéder, le second pour s'en défaire.

J'ai oscillé aussi, entre égoïsme et altruisme, en oubliant que tous deux n'agissent que pour satisfaire un besoin d'être reconnu dans le regard de l'autre. Egoïste, pour que l'on voie qui je suis, Altruiste, pour que l'on félicite mes actions.

Non, en vérité, la beauté habille celui qui fait les choses pour ce qu'elles sont ; des pierres ou des fleurs sur un chemin.

Mon prénom est l'expression de cette beauté, il signifie « comblé de louanges ». Je le prononce doucement et seules mes lèvres bougent sans aucun son.

Je le répète et l'entendre tire vers moi un flot d'émotions comme un élastique trop longtemps retenu. Entre tristesse de la perte des personnes aimées et la joie de les sentir si près de moi grâce à ce prénom laissé en héritage.

Je ferme les yeux, pose mes mains sur ma longue tunique blanche et le prononce encore, comme une prière : « Mohand » (Mo'hane.de).

BONNE FETE DES MERES

De toutes les mères, je sais que j'ai eu celle qui convenait le mieux à mon âme d'enfant, à mes doutes et à mes courages.
Elle a nourri mon corps et mon cœur et j'ai plus appris à la regarder affronter sa destinée que tous les mots vains sur ce qu'il convient de faire.

Je la revois jeune mère se préparer pour aller à un mariage, se passer un trait de khôl sur ses yeux d'un vert profond et entortiller ses longs cheveux noirs en chignon sur sa nuque.

Mes yeux d'enfant éblouis par tant de beauté, je rêve en secret de lui ressembler un jour.

Aujourd'hui, ce visage altier sublimé par les aléas de sa vie, des deuils et des victoires, je le regarde avec amour et humanité.

Un amour infini et pudique d'une petite fille devenue à son tour femme et mère. Un élan qui attache tendrement deux êtres par le cœur.

Je ne vois ni ses rides ni ses épaules affaissées, juste ses yeux souriants et sa main colorée de henné qui se pose sur ma joue. Je penche mon visage, lui embrasse la main en signe de respect, elle la retire en signe d'humilité.

L'échange est bref et silencieux. Sans un mot, je lui renouvelle ma gratitude d'être la mère qui m'était destinée.

BONNE FETE DES PERES

Comme une ombre, je serai là

Je suivrai chacun de tes pas et je serai pour toi comme une sensation de beauté et de plénitude en ce monde.

Je porterai tes chagrins pour alléger ta peine, je te chuchoterai des encouragements pour t'accompagner sur ton chemin.

Tout ce que je n'ai pas su faire de mon vivant, je veux le faire de là où je suis pour toi, mon enfant.

Dans mon carcan de ce qu'un père doit être, combien de fois ai-je retiré ma main de tes cheveux ou n'ai-je retenu des mots de douceur ?

Ma tendresse s'est flétrie, enterrée par ma fatigue quotidienne pour vous nourrir et vous protéger.

Et maintenant, si loin de vous. Je ne peux rattraper ni mes choix ni mes manques.

Alors laisse-moi poser de côté cette fierté, cette rigueur, cette froideur de façade.

Ainsi je pourrai crier tout mon amour et toute mon affection dans la fleur qui s'éclot sous tes yeux, dans les vagues changeantes de l'océan, dans cette brise bienvenue un soir de canicule.

Laisse-moi t'offrir ces attentions, elles sont la preuve irrationnelle que je veux continuer à être présent dans cette vie.

LE DERNIER RETOUR

Je crois que je n'ai rien ressenti, pas d'implosion, ni de flots de larmes, juste une immense lassitude et une impression de devenir flasque et molle. Comme un corps qui s'effiloche, qui part en lambeaux sur le chemin de la réalité.

Je savais pourtant que cela arriverait un jour mais pourquoi aujourd'hui, au moment où tout semblait aller mieux.

Pourquoi briser mes illusions quand la certitude dans la vie me permettait de marcher un peu plus vite et un peu plus loin.

J'ai posé ma main sur son corps maintenant froid, glacé et rigide. J'ai ôté ma main, surprise. Tout était froid ; les bras, les cheveux et le visage. Comme si jamais je ne l'avais vu ni marcher ni rire. Seuls ses yeux restent ouverts comme une lueur illusoire de vie mais ils regardent déjà ailleurs.

Je n'existe déjà plus pour lui, J'ai le cœur qui se serre ou est-ce mon estomac ? et mon sang afflue dans ma tête.
Je ne pleure pas, cela fait deux ans que nous pleurons ensemble, recroquevillés dans cette séparation inévitable. Et que de fois j'ai désiré

disparaître aussi sous terre dans un linceul blanc à jamais idéalisée dans la mémoire de mes proches.

Je me traîne comme un automate, je me nourris d'air et de questions : pourquoi moi ?
La mort regroupe les vivants, en tas et surtout dans les coins comme si elle occupait tout le reste de l'espace.

Les femmes pleurent et les hommes se responsabilisent. Quelle sinistre mascarade que celle des larmes imposées.
Je traverse cette abomination, l'envie de vomir à chaque pas, à chaque mot de condoléance, à chaque larme. Que Dieu me vienne en aide, je me sens chavirer. Je me sens seule et oubliée face à mes larmes asséchées.

Quelle cruauté anime le destin pour me faire vivre cette réalité triste et nauséabonde, houleuse et pieuse à la fois.

Le retour à la terre natale se prépare, au berceau du départ, au tombeau de l'arrivée. J'enrage de tant d'injustice, je bous, je me ronge le cœur écrabouillé mais rien ne transparaît.

Je suis assise (retirer un s à assisse) de blanc vêtue, un mouchoir dans la main droite que je serre fort. Je reçois chaque condoléance, chaque mot d'apaisement et de fatalité. J'acquiesce de la tête en fermant mes yeux fatigués.

Je me retire en moi là où je ne crains rien, où je ne vois rien sauf son visage constellé de lumière qui me rappelle à jamais combien la froideur d'un corps ne peut être ressuscitée par des larmes de chagrin aussi brûlantes soient-elles.

Il y a 65 ans, j'ai été donnée en mariage, jeune fille pubère exempte de tout empêchement par mon père, à cet homme de 12 ans mon aîné. Il devient toutes ces années, en exil dans ce pays inconnu, mon tuteur légal, mon père, ma famille, mon ami, mon amant, mon bourreau, mon complice, mon excuse, mon enfant.

Ma main tremble, ma fille la saisit et la masse doucement. Cela me permet de reprendre mon souffle, je la remercie du regard. La pièce est surchauffée, je suffoque. La famille et les voisins sont là, le repas est en train d'être servi.

Viande en sauce aux pruneaux et amandes pour les repas de fête et les repas de deuil, comme une célébration initiatique des moments les plus cruciaux de nos vies éphémères.

Je prétexte un appel à la prière pour m'isoler dans ma chambre, notre chambre. Je passe ma main sur sa montre posée sur la table de chevet prés de sa corbeille de médicaments.

Je suis seule aujourd'hui sur le chemin. Je m'allonge sur mon lit, demain nous partons pour son dernier voyage.

L'enterrement aura lieu sur les terres de sa famille, entre Médar et Casita dans le nord du Maroc.

Dans ce douar montagneux qui l'a vu grandir, courir après de chèvres vagabondes, planter des oliviers un à un en bêchant un sillon pour l'eau de pluie, tenter l'aventure de l'exode pour fuir la misère.

Je te ramènerai mon mari, mon ami, à cette terre, cela n'apaisera jamais ma peine mais j'aurai accompli mon devoir, ma promesse.

Je déposerai un rameau d'olivier sur ta tombe couverte de ronces. Et j'irai m'assoir un instant près de là où sont enterrés mes parents, j'arroserai d'eau leurs tombes déjà anciennes.
Et dans le crépuscule, sur ce chemin de poussière, en te quittant, je serai à jamais la gardienne de ton souvenir.

LES CLES

C'est quelque chose qui gronde, sourd et mat comme un tremblement de terre sur le point d'éclater au grand jour.

Cela me prend aux tripes, monte jusqu'à la gorge et d'habitude s'estompe comme le reflux d'une vague.

Ça m'a pris presque 40 ans pour le sortir de terre, le faire surgir des bas-fonds de mon être.

Je repose les clés que j'avais en mains sur le buffet en bois sombre, dans une soupière rouge et or.

Je retourne m'assoir dans mon fauteuil en cuir vert, je ferme les yeux, fatigué. Ce remous de mon âme m'a épuisé.

La première fois que j'ai ressenti cette fissure dans les plaques tectoniques de mon être, c'était en 1977 quand il y a eu l'histoire avec Hacène.

Nous vivions dans le même appartement de zoufris, une année avant que ma famille me rejoigne en France.
On travaillait comme des chiens sur des exploitations viticoles et entre deux corvées, nous avions nos rituels, la lessive et le tajine avec du thé.

Nous avions chacun notre lit et nos valises ouvertes nous servaient d'armoires. Nous travaillions comme des forçats mais on faisait attention à notre hygiène surtout Hacène avec ses cinq ablutions quotidiennes.

J'étais croyant aussi mais moins pratiquant, je n'étais jamais contre une bière en fin de journée ou un joint avec quelque chose qui venait de mes chères montagnes du rif. On faisait tous comme on pouvait, qui se serait permis de jeter la première pierre. Pas moi en tout cas.

Ma femme entre dans le salon me pose une tasse de café, elle pose aussi une assiette de sfnej, des beignets frits dans l'huile et saupoudrés de sucre. Elle en dépose une autre emballée et recouverte d'un torchon à carreaux.

Je sais que cette assiette-là n'est pas pour moi et je sais à qui elle est destinée. Elle repart, en me disant qu'elle va sortir faire un tour. Elle va marcher avec ses voisines, faire le tour du pâté d'immeubles ; faire le tour de ses problèmes et de ses inquiétudes, marcher ensemble comme une thérapie.

Ce jour-là, je m'en souviens sans peine, la journée avait été longue, à tailler sans relâche des pieds de vigne pour préparer un Châteauneuf du Pape millésimé que je n'aurai jamais l'occasion de boire.
C'était l'heure de la prière de la fin de journée, l'Asr ; Hacène et son collègue ont sorti leur

tapis de prière au milieu des vignes désertes. Personne à l'horizon, seulement nous trois. Et moi, quelques rangées plus loin.

Assez près tout de même pour les voir arriver, lui le « patron » et son fils. J'essaie de prévenir Hacène. En vain. Prostré, le cœur vers Dieu, il ne m'entend pas.

Et les coups de feu partent sans semonces, tir de fusil de chasse comme une envolée dans le crépuscule. Et ils repartent avec ces mots gravés en moi au fer rouge « je ne veux pas de ça chez moi, sales bougnoules ».

Aujourd'hui, je dois aller voir Hacène mais ma colère est trop grande, ma tristesse m'envahit et mes mains de vieillard sont trop lourdes.

Hacène vit dans un foyer pour handicapés, son collègue est décédé, Paix à son âme. Ce qui gronde en moi, c'est de la rage. Le coupable est mort depuis longtemps sans avoir été puni. Et moi je porte ma colère sans pouvoir l'exprimer ; qui pourrait comprendre cet autre temps, cette autre vie.

Je récupère mes clés de voiture dans la soupière, prends l'assiette de beignets. Te rendre visite, mon frère, m'aidera à soulager ma peine.

Et quant au coupable, on se croisera au jugement dernier et ce jour-là tu paieras ta dette, salopard.

UN JOUR

Un jour, on se retourne et tout a changé.
Ce qu'on croyait primordial n'est plus qu'un lointain souvenir.
La souffrance incommensurable est apprivoisée.

Et tout occupés que nous sommes à tant de combats éphémères, d'objectifs sans but et de défis sans récompense, la vie, elle, poursuit son cours inexorable.
Les cheveux grisonnent, les yeux se rident, l'énergie s'amenuise et les nourrissons grandissent.

Alors on se surprend à chercher son âme dans un regard aimant, à se reconnaître au détour d'un sourire.

Et l'espace d'un instant, comme une éternité, toute la vacuité de nos vies s'estompe.

DORS
(LA RECONNAISSANCE)

« Dors, pose ta tête juste là, fais comme les chats, dors et attend de guérir. Rien ni personne ne sait mieux que ton corps ce dont tu as besoin » (Top of lake – Jane Campion)

Epuisée, j'ai posé ma tête et mon corps sur un nuage cotonneux de fatigue émotionnelle. J'ai pourtant continué à revivre ces moments, à coudre et à découdre les fils de cette trajectoire, à retrouver sur le chemin les petits cailloux que je n'avais pas vus. Et ce sont des rochers de naïveté que j'ai rencontrés. Tout était déjà là depuis le début ; la force d'acquérir, la faiblesse de ne pouvoir résister, la force de disparaître, la faiblesse de ne pouvoir assumer.

Tout est faux et vrai à la fois car « peu importe à quel point une situation est délicate ou complexe, il y a toujours deux manières de l'aborder. »

J'ai évalué les avantages et les inconvénients de chaque situation, j'étais dans la vie sans but et sans passions comme un drapeau battu par tous les vents.

Je vivais au jour le jour, au creux de mes montagnes russes.

Il est de notre responsabilité d'assumer nos actes, il est vital de ne pas se mentir car ce que je crus avec sincérité, je l'ai mis en pratique dans mes actes au mépris de moi-même.

Je me suis leurrée moi-même.

A côté de quoi suis-je passée ?

Avoir atrophié mes origines, ma culture, ma langue pour être dans le moule de ce pays inconnu.

Parler français en butant sur chaque mot avec la certitude de donner le bon exemple à mes enfants. Je les poussais devant moi, les encourageant à dire bonjour et merci.

Comme si je n'avais pas ce droit par je ne sais quel coup du mauvais sort ou malédiction infamante qui frappe celles qui, comme moi, sont des guerrières, non par choix mais par nécessité.

Comme si les émotions devaient être fortes, les drames furieux pour transpercer la carapace de protection et me permettre malgré tout de sentir, de ressentir un peu d'émotion. Même si ces émotions sont souffrance et désarroi. La chaleur du feu, de la rage vaut mieux que la froideur glacée de l'indifférence et de l'oubli.

Foutaises ! tout cela n'est que foutaises, que croyances béantes et espoirs ancrés qui nous poussent vers demain.

Si je m'étais écoutée, j'aurais entendu clairement les réponses à mes questions insolubles.

La relation à l'autre est un désir fantasmé par nos besoins et nos manques. Un fil auquel on se rattache pour ne pas perdre le contrôle de nos émotions.

Et moi dans ce monde nouveau, j'avais éperdument besoin d'être rassurée et reconnue dans le regard de l'autre.

Alors j'ai suivi les codes, les schémas et les injonctions ; j'ai lissé mes cheveux bouclés et les ai teints en blond.

Je déambulais fièrement avec mes voisines dans les rues de ma ville, les cheveux au vent, des bracelets en or aux poignets, du khôl sur les yeux et nos dents blanchies à l'écorce de noyer.

Nous partions joyeuses, récupérer nos enfants à l'école, acheter du pain, faire le marché, avec le sentiment d'être à la bonne place, légitimées par le travail de nos époux et la loi sur le regroupement familial.

Et puis un jour, nous avons appris pour Mimouna alors on a commencé à moins sortir en ville, à se faire plus discrètes. Et j'ai compris, dès lors, que la reconnaissance n'est pas une question de droit mais de cooptation.

Nous avons rendu visite à Mimouna, complétement anéantie et humiliée d'avoir été mise dans un container à ordures par une bande de jeunes désœuvrés du centre-ville. Ils lui ont enlevé sa qualité d'être humain et nous ont chosifiées d'un même tenant.

Pourtant, pas de procès car pas de coupables. Pourquoi attirer l'attention sur nous, désormais nous savions que les actes démentent les mots.

Et l'immonde n'a pas besoin de mots, il s'exprime dans l'action.

IPSEITE

Nom féminin (latin ipse, soi-même) : caractère fondamental de l'être, conscient d'être lui-même

La seule constante que j'ai connue, dans les bons comme dans les mauvais moments de mon existence, c'est la peur. Flagrante ou insidieuse, croupie dans mes entrailles chamboulées ou enserrant ma poitrine dans un étau, je l'ai toujours connue cheminant à mes côtés.

Je ne peux pas dire qu'aujourd'hui, elle ne soit plus là. Je fais avec, c'est tout.

J'ai toujours pensé être une suiveuse, de ces êtres dociles et asservis par un patriarcat millénaire et une timidité gauche. Un être qui a besoin de l'autre pour exister dont l'épanouissement passe par l'altérité.

Je me suis découverte meneuse, forte, autonome et belle.

Mais entre ces deux vérités, que d'affronts et d'humiliations venant souvent de mon propre camp.

Dans notre mariage, chacun avait sa place, que cela nous plaise ou pas d'ailleurs ; lui l'extérieur et moi l'intérieur. Le dimanche, il sortait faire le marché et ramenait des sardines pour le repas du midi et des fruits et légumes de saison par cagettes entières et moi je préparais les sardines farcies avec de la coriandre et de l'oignon, des frites et une sauce à la tomate fraîche.

Aujourd'hui tout est chamboulé ; je sors faire le marché et je ramène un peu de tout mais en petite quantité. Mon mari reste dans son fauteuil et attend le moment de se rendre à la prière ou de prendre ses médicaments pour le diabète et la tension.
Il attend la fin, indifférent au monde et à ses tourments, il a lâché prise et prépare chaque jour son départ. Mais ce jour-là ne nous est pas connu et qui sait qui partira le premier…

Nous sommes croyants, c'est notre éducation et notre boussole dans cette vie. La foi est une conviction intime, un apaisement et un espoir auxquels on choisit de s'abandonner. C'est aussi un cheminement personnel que chacun est libre d'emprunter ; mes enfants y compris.

Et entendre ma cousine du Maroc, lors de notre conversation hebdomadaire sur WhatsApp, m'asséner que les enfants de France sont des enfants perdus qui n'ont pas été élevés dans la foi parce que nos filles ne portent pas le voile et que nos garçons ne font pas la prière pendant le ramadan, c'était trop.

J'ai senti la peur m'envahir ; celle du regard des autres, de leur jugement et de leur dédain et puis étouffant la première, j'ai ressenti de la colère et de l'injustice. Comment certains se permettent-ils de jeter un regard dédaigneux sur ce que l'on a vécu, sur notre départ et notre vie ailleurs loin d'eux et de nos repères ?

Nous avons irrigué leur misère de notre argent d'immigrés et ils nous jugent aujourd'hui sans tenir compte de notre contexte, de nos défis, de nos rencontres.

Moi, je sais qu'avec mon mari, nous avons donné une bonne éducation à nos enfants et qu'ils décident de porter un voile ou pas, de prier ou pas, d'être pratiquant ou pas. C'est un choix, qui leur appartient aujourd'hui.

La peur m'a longtemps guidée pour me conformer et être ce que l'on attend de moi mais elle m'a aussi permis de me réinventer, de m'adapter et de créer une vie non réductible à aucune autre.

J'ai raccroché le téléphone sans rien lui dire de mes réflexions ni de ma colère, son approbation m'indiffère en vérité.
Je me dirige vers la cuisine pour préparer le déjeuner. Je vais faire des sardines farcies, du pain maison et une grappe de raisin blanc complètera notre repas.

Je sais que cela fera plaisir à mon époux, il n'en dira rien mais son appétit parlera pour lui. Et puis peut-être qu'un de mes six enfants s'invitera à l'improviste…

SI TU SAVAIS

Les figuiers perdent leurs feuilles en automne et les branches se tordent de douleur en attendant le printemps. Je suis un de ces figuiers chaque fois que mes enfants sont loin de moi et eux n'en savent rien.

J'ai toujours cuisiné d'abord pour ma belle-famille, mon mari puis mes enfants ; des plats simples du terroir, une cuisine robuste qui cale l'estomac. Quand je suis venue en France, j'ai continué. Plats en sauce avec des légumes et de la viande, les lentilles, les haricots blancs à la tomate. Et bien sûr, le couscous.

Tout le monde disait que j'avais la main pour cuisiner, que mes repas étaient délicieux et jamais ratés. Est-ce dû aux enseignements de ma mère, à une prédisposition ou à mon tatouage berbère sur le dos de ma main en forme de feuille de dattier, un peu de tout ça, je crois.

C'est pour cela sûrement qu'une fois mes enfants plus âgés, j'ai commencé à cuisiner pour d'autres.

D'abord pour rendre service aux voisines du village puis contre rémunération pour des événements festifs comme des baptêmes, des fiançailles, des anniversaires. Des moments où les gens veulent manger des plats de fêtes simples et consistants qui leur rappellent leurs souvenirs ; bœuf fondant aux pruneaux et amandes grillées, poulets rôtis aux olives et citrons confits avec une sauce aux gésiers et bien sûr le couscous.

Ma clientèle aussi s'est diversifiée et élargie. Aujourd'hui, des gens que je ne connais pas me contactent pour que je cuisine pour eux. Moi, la paysanne des montagnes berbères, analphabète et gauche. Moi aussi parce que je détiens un savoir qui se perd, une expertise du goût et de la qualité de plats empreints du souvenir d'un passé envolé.

Et ces instants éphémères qui nous relient aux êtres disparus sont ma contribution à ce monde. Ce sourire nostalgique, cette gratification triviale c'est mon offrande et je la partage avec humilité.

Aujourd'hui, je vais cuisiner pour les employeurs de ma voisine. Je croise ma fille qui se prépare, elle va dîner chez des amis.

Quand je cuisine, j'aime être seule et utiliser mes propres ustensiles, mes propres épices. C'est comme ça, je me rassure avec une prière et du sel jeté à la volée dans cette cuisine inconnue. Les marmites laissent échapper des vapeurs odorantes d'oignons et de cannelle. La semoule de couscous repose sous un torchon.

Tout est presque prêt, les invités sont déjà là, je les entends près de la piscine. Je jette un œil aux convives par la fenêtre ; rien ne me semble connu, je l'impression de regarder un épisode des « Feux de l'amour ».

Au milieu de ces gens, je la reconnais pourtant. Elle semble dans son élément, elle rit, parle avec assurance. C'est ma fille, c'est donc ici sa soirée avec ses amis et à la fois, je ne la reconnais pas. Comme une autre totalement inconnue.

Je sers les assiettes individuelles avec un peu de semoule, de la sauce, de la viande et des légumes. Une fois terminé, je lave mes marmites, mon couscoussier et ma voisine me ramène ; elle reviendra pour préparer le thé et terminer la vaisselle.

Le lendemain, je regarde ma fille du coin de l'œil avec encore en moi, cette étrange sensation de la veille. Je lui demande comment s'est passée sa soirée, elle me répond que ça allait, que le repas c'était du couscous. Malicieuse, je lui demande s'il était bon, elle me répond qu'il n'était pas aussi bon que le mien. Si tu savais…

Ah si tu savais ma fille, tout ce que je sais et que je ne dis pas, tout ce que je veux dire et que je ne dis pas. J'espère que tu le lis dans mes yeux et que tu t'en contentes, que tu réalises l'abîme de nos mondes. Cet étroit pont entre nos vies où nous avons décidé de nous tenir ensemble malgré nos chemins si différents.

Alors si un couscous permet de te rappeler chaque fois à moi, j'espère en cuisiner encore des milliers pour que tu n'oublies jamais la saveur de mon amour.

LE PAIN PERDU

Mon pas est devenu plus lent, plus lourd. Je traîne parfois la jambe et mes pantoufles semblent plus bruyantes.

J'ai presque honte d'être aussi lourde mais respirer encore et être présente dans cette vie me suffisent à accepter ces contrariétés. Comme si la vieillesse pouvait se permettre toute désinhibition.

Je me hâte tout de même car la sonnette retentit pour la seconde fois.

J'arrive dans le couloir sombre, ouvre la porte. Elle entre avec cette énergie et cette fraîcheur propres à la jeunesse.

Elle s'installe déjà dans la cuisine où je la rejoins en posant la main sur chaque meuble présent sur mon passage.

Elle est assise sur une chaise près de la gazinière, sage, mais mal à l'aise comme une intruse dans un monde mal maitrisé.
Elle a déposé les courses sur la table.
Je lui demande si elle veut une tranche de pain perdu, elle accepte en hochant de la tête. Je me demande si j'ai déjà entendu le son de sa voix.

Je prends un morceau de pain sec, le trempe dans le lait, puis dans l'œuf battu et enfin le fais dorer dans une poêle beurrée. Une fois bien frit, je le pose dans l'assiette et le saupoudre de sucre glace.

Je lui tends l'assiette et continue avec les autres morceaux de pain rassis.

La sonnette retentit à nouveau. Plus rapide que moi, elle s'élance de sa chaise vers le couloir. Elle revient avec son petit frère et le voisin du troisième.

Je leur tends l'assiette de pain perdu, ils se servent, soufflent, croquent le pain brûlant. Ils me remercient et repartent tous les trois comme un coup de vent et avec leur départ, la lumière quitte mon appartement.

Je me retrouve seule dans le silence de mon confort.

Je m'installe sur mon fauteuil avec mon magazine Paris Match et une part de pain perdu.

Tout à l'heure, je m'installerai sur le balcon pour les regarder jouer, courir et crier jusqu'à la tombée de la nuit. Dans cette vie, ils sont devenus un soleil que je n'attendais plus dans mon hiver solitaire.

Je ne sais rien d'eux, ils ne correspondent pas à ce que j'ai connu mais peu m'importe car ils sont là, vivants, présents et attentionnés.

Et demain, je ferai, rien que pour les surprendre, des croquants aux amandes dorées au miel de tilleul.

LE GRAND SOIR

Ce soir, c'est la nuit des instants lumineux où chaque geste du présent renvoie aux temps anciens, ceux mélodieux et idéalisés.

Les cailles rôties aux pommes dauphines, la salade fraîche assaisonnée à l'huile d'olive et les mandarines juteuses couvertes de papillotes.
Et la main qui nous sert, vive et affairée.

Tout cela nous semble immuable et à jamais possible dans l'avenir. Sans savoir que cela ne sera éternel que dans nos souvenirs.

Alors n'aie crainte mon enfant, en cet instant, tout est vrai et chaleureux. Ne t'inquiète donc pas de ce que le temps va modifier ou déprécier.

Apprécie cette main qui te tend un morceau de bûche au chocolat à la crème au beurre trop compacte.

Retiens au fond de ton cœur cette agitation festive, elle te soulagera les soirs de solitude silencieuse.

Cours autour de la table, mon cher enfant, poursuis tes cousins ou le chat dans toute la pièce et entre les jambes des adultes, trop lents pour ta vive jeunesse.

Ouvre les paquets cadeaux sans ménagement, exprime ta joie sans inhibition.

Car c'est ce qui nous ravit, nous les plus âgés, installés dans nos fauteuils. On apprécie cette agitation comme un Porto dans un miniature verre à liqueur.

Le temps fait une ellipse continuelle et tire à lui tous ces fragments de souvenirs que l'on peut savourer à souhait.

Alors mon cher enfant savoure pleinement chaque instant.
Toute vie, emplie d'instants aussi anodins et précieux que ceux que tu vis en ce moment, mérite d'être vécue.

LES BISCOTTES

Je ne sais pas si cette période de ma vie aurait pu être désignée ou nommée par un adjectif quelconque.

L'art d'être stupide aurait pu convenir ou les efforts inutiles peut-être.

En tout cas, rien ne m'avait prédestinée à affronter les pires aberrations de ma condition.

J'ai pourtant sincèrement lutté en me basant sur une vie entière d'habitudes et de rituels rassurants et prévisibles.

Mais là, rien à faire, il y a des forces plus puissantes que ma pauvre destinée.

Pourtant, je me souviens encore des branchages légers que je récupérais en rentrant du champ. De ce petit bois tout fin qui permettrait d'allumer un feu plus grand.

Une fois le four bien chaud, ma mère prenait un pain en galette entre ses deux mains et le faisait glisser dans l'antre du four en argile.

Une fois cuit, le pain de farine d'orge posé sur une assiette émaillée, elle creusait un petit trou dans lequel elle versait de l'huile d'olive ou alors déposait un morceau de beurre fraîchement écrémé.

Je n'ai cessé, ma vie durant, de revivre ce moment, de faire moi-même ce pain en mélangeant farine de blé et de seigle pour réguler mon diabète.

De tremper un morceau tout chaud dans une l'huile d'olives mûres.

Avec le temps, mes galettes de pain sont devenues plus petites, à mesure que chacun de mes enfants prenait son envol.

Mais j'ai continué, comme si chaque bouchée me ramenait là-bas, enfant tout près de ma mère, devant ce feu chantant inlassablement où chaque pain sorti de l'antre exprimait son amour et sa douceur.

Et puis, depuis que je suis dans cette maison de retraite, je supplie en silence cette jeune fille aux cheveux bruns de me donner autre chose que ce plateau de petit-déjeuner sans âme.

Mais immanquablement, c'est beurre, confiture et deux biscottes sans sel.

Deux biscottes que je regarde avec dédain. Elles n'évoquent aucun souvenir, aucun sentiment agréable auquel me rattacher.

Je sais que cette jeune soignante voit mon désarroi, le perçoit, le ressent. Elle voit mes yeux silencieux, ma main qui repousse le plateau.

Le lendemain, je les renvoie, elle et son plateau. Je n'ai plus la force de faire illusion. Elle dépose un plateau devant moi, me caresse la main tendrement et s'en va.

Et là, mes yeux se sont réchauffés car dans ce plateau tout simple, c'est toute ma joie que j'ai vue renaître dans ce pain rond et chaud, dans cette huile d'un vert profond, dans ces olives hachurées.

COUP DE COEUR

Mon cœur, ma vie, mon sang
Mon amour.

Que de mots pour traduire l'indicible, ce coup de foudre, ce coup de cœur
Un regard innocent et pourtant chargé d'attente et d'espoir.

C'était la première fois et c'est cette fois-là dont je veux garder le souvenir
Ce souvenir qui me fait sourire à chaque fois.
Et me fait oublier les cinquante années

suivantes faites de regrets, de cris, de rancœur et de quotidien lassant.

Un quotidien fait de festivités et de deuils, de naissances et de morts, de rires et de pleurs, de silences et de soupirs.

Je l'ai rencontré quand ma vie avait déjà bien commencé et pourtant, c'est comme si je l'avais toujours connu.
Je n'ai pas posé de question, je n'ai rien demandé.
Dans ses yeux j'ai lu tout ce que je souhaitais.

Quel quotidien cotonneux que j'imaginais rassurant. Des instants répétitifs et oisifs entremêlés d'approbation et de rappels dans des yeux palis par l'âge.

Je ne sais plus si c'est lui mais je doute même que cela soit moi.

Nous poursuivons, chaque jour, ce dialogue silencieux commencé il y a bien longtemps.

Il y a les mots qui sont dit et nos silences qui en disent bien plus.

C'est moi que tu as choisie alors restons fidèles à ce choix.

Tu croyais plus en moi que moi-même alors oui, j'ai fini par croire à ton choix.

Et si je lis en toi comme un livre ouvert alors vois en moi plus qu'en moi-même.

Comme une supplique, je t'implore Mon cœur, ma vie, mon sang

Mon amour...

Tiens-moi la main jusqu'au dernier jour et continue sans relâche à me regarder dans les yeux.

Notre dialogue silencieux en dit bien plus que nos mots.
Il nous rappelle notre coup de cœur, notre bout d'amour.

UNE PART DE TROPEZIENNE

Choisir, est-ce regretter ?

Faire un choix, est-ce faire le deuil de tous les autres possibles ?

Aujourd'hui encore, je ne pourrais répondre à ces questions. J'ai juste avancé et pris chaque décision sans savoir par avance que ce seraient des choix décisifs qui impacteraient ma vie entière.

Et surtout que là où je suis maintenant en est le résultat inéluctable.

Je me refais le chemin en sens inverse, cherche l'instant où tout a basculé. Le premier domino de la série.

Et rien, absolument rien. Je ne trouve pas ou plus...

Autour de moi, on s'agite. J'ai une part de tropézienne à la main. Un jour, j'ai dû dire que c'était mon gâteau préféré.

On me pose un chapeau pailleté sur la tête.

Aujourd'hui, je fête mes 100 ans.

Mes enfants, mes petits enfants préparent ce moment depuis longtemps.

Des photos de moi jeune, moins jeune sont affichées au mur.

Et moi, immobile, je repense à tous ces petits deuils, tous ces chemins que je n'ai pas explorés.

Quand le bonheur éclate par petites touches, il fait oublier tous les autres instants de tristesse et de frustrations.
Les appareils photos des portables crépitent, tous veulent garder une trace de ce moment... pour la postérité ?

J'ai 100 ans, c'est le 1er janvier.
Ai-je vraiment cet âge-là, ai-je voulu arriver jusqu'à là. L'ai-je décidé ?

Tous mes regrets n'ont plus d'objet car les protagonistes sont malheureusement tous morts. Il ne reste aucun témoin de mes doutes, de mes colères, de mes hésitations.

Ma famille autour de moi est le résumé de ma vie et cela fait oublier tout le reste : le bouillonnement d'une individualité, l'agitation émotionnelle et la conscience de ne bientôt plus s'appartenir à soi-même.

Et c'est bien ce moment-là dont je ne me souviens plus...
Alors j'essaie d'être présente à cet événement dont je suis la principale attraction.

Aujourd'hui, j'ai cent ans, c'est mon anniversaire. Et j'attends la fin... une part de tarte tropézienne à la main.

GENUFLEXION

Je sais que mon histoire personnelle ne vous dira rien en vérité

Rien de ce que je pourrais vous raconter ne serait à la hauteur de mes émotions

Je vais vous raconter des faits mais comment vous dire mon émoi.

Il y a ce que je parais et ce que je ressens.

Vous ne voyez en moi qu'un être présent et docile

Je taille vos vignes, vous me répétez encore comme chaque année comment les tailler.

Je nettoie, je prépare, je facilite votre vie de privilégiés.

Et aujourd'hui comme hier, je suis une ombre de passage en guenilles usées.

Je suis là et un jour, je ne suis plus là-bas.

Pourtant ma mémoire perdure et se rappelle chaque instant.

Cette vigne centenaire, cette génuflexion devant l'histoire.

Mais mon histoire à moi, il n'en reste déjà plus rien.

Je m'appelle Ahmed, j'ai soixante-cinq ans et aujourd'hui c'est mon dernier jour de travail.

Je serai à la retraite demain.

Mais pour l'instant, je taille un à un chaque cep au niveau des deux yeux.

Un rituel immuable, un automatisme sans faille. Travailler sur un domaine viticole m'a empêché de faire mon pèlerinage à la Mecque car travailler dans le vin est incompatible avec l'unique et dernier voyage d'un pèlerin.

Mais qu'importe, demain je suis à la retraite. Et demain, tout sera possible.
Je pourrai organiser mon voyage et partir avec mon épouse vers le seul pilier non accompli. Ce voyage unique.

En attendant, je me prête au jeu de ce qui semble vous combler. Je dis "oui Monsieur", je me rends indispensable alors que je me sens aussi utile qu'un outil agricole.
Je suis cet outil humain qui acquiesce avec servilité.

Mais demain, tout se termine.

Je laisse mes fers et reprends ma liberté. Je vous laisse votre génuflexion devant vos cépages centenaires pour une autre génuflexion.

Celle de mon âme libérée vers mes aspirations personnelles, vers mes rêves secrets cachés de vous.

Je vous quitte aujourd'hui, sans regrets. Je me mets à genoux sans pâlir devant ma liberté retrouvée car je n'ai à rougir de rien.

Génuflexion sans faillir, quarante ans durant, comme j'apprécie ce jour, de me remettre debout.

AILLEURS

"J'ai cessé de me désirer ailleurs" André Breton

J'ai cessé de désirer l'ailleurs et le retour. Cet imaginaire tant attendu d'un retour définitif vers ce lieu connu et inconnu.

Je me voyais arriver à l'entrée de cette maison, avancer sur cette terre jonchée d'ardoises noires et tranchantes. Mes parents étaient là tous les deux devant cette porte peinte en *bleu* et leurs regards ridés exprimaient la reconnaissance et le soulagement.

Cette évocation me monte les larmes aux yeux car je dois être sincère avec vous : si je rentrais au pays maintenant, personne ne serait là pour m'accueillir.

Les anciens s'en sont allés et la maison de mon enfance est une ruine.

Mon rêve de retour est un leurre et il l'a toujours été.

Pourtant mes mains flétries s'y accrochent désespérément, je touche du pouce ma bague en argent à l'annulaire. Je regarde mon tatouage en filigrane sur le dos de ma main.

J'ai espéré pendant un temps que cet ailleurs, si intime pour moi seule, pourrait devenir ma dernière demeure.

Même cette dernière attache n'existe plus car mes enfants veulent pouvoir se recueillir sur ma tombe et ce sera donc sans discussion ici pour toujours.

Je recherche le moment où j'ai compris cet état de fait, en vain.

Je préfère penser à autre chose, tout cela ne m'appartient plus.

Moi j'ai toujours préféré le présent, l'instant, le moment fugace et répétitif.

J'aime le passé aussi ; celui de ma vie là-bas à courir dans les collines pieds nus, à monter dans les figuiers, à, cueillir les meilleurs fruits, à bêcher des trous bien réguliers autour des oliviers.

Je sais bien que cela n'existe plus mais mon cœur espère sans doute que ce retour vers là-bas est un retour vers ces instants.

Et je sais maintenant qu'il n'en n'est rien, à jamais. Car irrémédiablement, j'appartiens à ici.

La cafetière italienne siffle dans la cuisine. Un café, c'est ce qu'il me faut. L'odeur me guide dans le couloir. Je m'assois à la table en formica de la cuisine, j'ouvre la porte fenêtre.
Je regarde au dehors les gens qui passent, affairés.
Je porte à mes lèvres la tasse fumante et je souffle sur le café brûlant comme je souffle sur les cendres incandescentes de mon désir de là-bas.

MELANCOLIE

« Où vont tous ces enfants… » -Melancholia, V. Hugo

Je revis sans cesse ce moment de tristesse où mon cœur se creuse de tant de douleur réprimée. De cette joie feinte pour éviter le pire, la solitude de cette main qui se détache lentement.

Où vont donc ces enfants dont les cœurs brûlants enflamment ma détresse. Ces enfants de mes enfants que j'ai la sensation d'abandonner ? J'ai beau penser que j'ai fait ma part pourtant la culpabilité me ronge.

Je suis trop vieux pour user de la force, trop affaibli pour inspirer la peur. On me respecte, on me ménage, on me cache la réalité et je m'en contente.

Je balbutie des "c'est bien mon enfant" en espérant éviter le pire. Mais je sais qu'il n'en n'est rien, que la lassitude se lit dans mes yeux et que je ne suis plus attaché à ce monde qui ploie.

Ces derniers temps, je repense à tout ce labeur, à cet acharnement à rester humain dans cette vie où je n'étais qu'un outil de travail. Ma fatigue ternit mes yeux et toute ma compassion, je vous la laisse chers enfants.

Je rêve d'un chemin où je cours gaiement et où la joie me guide paisiblement.

Ma retraite est versée après 175 trimestres cotisés, bien plus que ce qui est exigé. J'ai enfin ce à quoi j'ai droit. Pourtant j'ai l'impression d'avoir échoué, d'avoir perdu le contrôle.

Ces derniers temps, des mots oubliés me reviennent dans des dialectes eux aussi perdus depuis longtemps.
Ces expressions entendues et qui n'ont de sens que pour moi dans une langue autrefois mienne.

Des douceurs ou des colères qui sont les mots justes, l'expression parfaite d'émotions dont aucune traduction n'existe. Un patois indescriptible pour exprimer ce que je ne dis plus.

Des mots étrangers pour tous les autres et qui n'ont de sens que pour moi et certains qui ne sont plus. Ces mots sont mon rappel, ma mélancolie de ces temps lointains et perdus…

PREMIERE FOIS

Parfois on regarde ailleurs un instant et quand notre regard revient, tout a changé. Crois-le ou non, tout change en un instant. Comme cette fois où j'ai pris le train.

Tout mon entourage était inquiet. Ils ont inondé le personnel de recommandations, de suppliques.
Ils m'ont mis un collier autour du cou avec leurs coordonnées. J'avais l'impression de repartir en pèlerinage à la Mecque alors que je n'avais que 2h40 de trajet jusqu'à Paris pour voir mon frère.

Une fois installée dans le train grâce à l'aide d'une serviable étudiante qui m'a indiqué ma place, je regarde le paysage s'écouler sous mes yeux.

Le train traverse des champs et des vallées endormis en cet automne qui s'éternise.
Des vaches et des chevaux sont les seuls êtres vivants qui peuplent cette traversée à grande vitesse.

Pour mon entourage, c'est la première fois que je prends le train seule et je ne les ai pas contredits
Alors même que c'est un mensonge.
De ceux dont on dit "à quoi bon remuer le passé".

De ceux qui, sans contexte, n'ont plus de sens.

De ces mensonges tout petits mais qui charrient tant de souffrances tel un fil d'Ariane que l'on suit pour remonter vers son histoire passée.

Les enfants étaient trop petits, ils n'en ont aucun souvenir.

Quand ils racontent leur arrivée en France, ils citent une date, notre premier logement ou encore le nom de leur école.

Mais comment ils ont quitté leur pays natal, de ça il n'en est rien. Quand je dis comment, je veux dire concrètement.

J'aurais aimé arriver en avion, en 2h c'était fait. Comme un pansement que l'on arrache d'un coup sec, voilà ta vie c'est ici maintenant.

Et non, moi j'ai eu le temps d'imaginer, de rêver, d'espérer.

Mon beau père nous avait accompagnés jusqu'au Détroit de Gibraltar où nous avons emprunté un ferry pour la traversée et puis une fois en Espagne, mon cousin nous a conduits à la gare.

Un train qui a traversé toute l'Espagne du Sud jusqu'à la frontière.
Les enfants ont mangé, joué, dormi. Et moi je savais déjà que ce que je quittais était perdu à jamais.

J'entends parfois dans ma mémoire son bruit régulier et bruyant, son crissement à l'amorce d'un virage.

Et comme en cet automne 1978, aujourd'hui aussi j'ouvre mon panier repas : des olives, du pain, un peu de poulet froid enveloppé dans de l'aluminium.

Et comme en cet automne 1978, aujourd'hui encore j'essaie de faire le moins de bruit possible.

Je souris à mon voisin, gênée, il sourit aussi et me souhaite un bon appétit. Il abaisse la tablette qui fait face à mon siège, sur laquelle je peux déposer mes victuailles.
Ah les trains d'aujourd'hui me plaisent !

Je prends mon téléphone, cherche la fonction photo, photographie mon repas posé sur cette petite table et je l'envoie dans le groupe WhatsApp que ma famille a créé. Satisfaite, je commence à manger.

Ah, ma vie d'aujourd'hui me plaît !

Jour de visite	1
Le ravissement d'une rose	7
Le bracelet de Yemna	13
Le prénom	19
Bonne Fête des Mères	27
Bonne fête des pères	29
Le dernier retour	31
Les clés	39
Un jour	45
Dors (la reconnaissance)	47
Ipséité	53
Si tu savais	59
Le pain perdu	65
Le grand soir	69
Les biscottes	73
Coup de coeur	77
Une part de tropézienne	81
Génuflexion	85
Ailleurs	89
Mélancolie	93
Première fois	97